VENTE PAR SUITE DE DÉCÈS

Des Lundi 27, Mardi 28 et Mercredi 29 Mai 1895

HOTEL DROUOT, SALLE N° 1

A DEUX HEURES 1/4

Meubles Anciens

ET DE STYLE

OBJETS D'ART & DE CURIOSITÉ

ARGENTERIE, BIJOUX

TABLEAUX

TENTURES — TAPIS

Me Georges DUCHESNE
Commissaire-Priseur
6, Rue de Hanovre, 6

M. A. BLOCHE
Expert près la Cour d'appel
28, Rue de Châteaudun, 28

EXPOSITION PUBLIQUE

LE DIMANCHE 26 MAI 1895, de 2 h. à 5 h. 1/2

IMPRIMERIE ARTISTIQUE

E. MÉNARD & Cie

Bureaux et Ateliers: PARIS — 8, RUE MILTON

CATALOGUE

DE

Meubles Anciens

ET DE STYLE

BEL AMEUBLEMENT DE SALON

Couvert en ancienne Tapisserie

Consoles, Encoignures, Commodes, Secrétaires, Bureaux
Tables, Chiffonniers, Bahuts, Sièges
Écrans, Tabourets, Crédences, Chambres à coucher, Coffres-forts

BRONZES D'ART & D'AMEUBLEMENT

Pendules des époques Louis XVI & du Ier Empire

Porcelaines, Faïences

ARGENTERIE & ORFÈVRERIE

Surtout de table, Légumiers, Cafetières, Couverts, Services
Vases, Jardinières, Bonbonnières

BIJOUX

enrichis de diamants et pierres de couleurs

TABLEAUX, OBJETS de VITRINE et de CURIOSITÉ

DENTELLES, LINGE DE CORPS ET DE TABLE

TENTURES — TAPIS

DONT LA VENTE AURA LIEU

PAR SUITE DE DÉCÈS

HOTEL DROUOT, SALLE N° 1

Les Lundi 27, Mardi 28 & Mercredi 29 Mai 1895

A 2 HEURES 1/4

Me Georges DUCHESNE	**M. A. BLOCHE**
Commissaire-Priseur	*Expert près la Cour d'appel*
6, Rue de Hanovre, 6	28, Rue de Châteaudun, 28

Chez lesquels on trouve le présent Catalogue

EXPOSITION PUBLIQUE

LE DIMANCHE 26 MAI 1895, de 2 heures à 5 heures 1/2

CONDITIONS DE LA VENTE

La vente sera faite *expressément* au comptant.

Les acquéreurs payeront en sus des adjudications *cinq pour cent.*

L'exposition mettant le public à même de se rendre compte de l'état des objets, il ne sera admis aucune réclamation une fois l'adjudication prononcée.

Paris. — Imp. E. Ménard & Cie, 8, rue Milton.

MEUBLES

1 — Joli ameublement de salon en bois sculpté laqué vert d'eau, couvert en ancienne tapisserie d'Aubusson, fond crème à draperies, guirlandes et bouquets de fleurs. Époque Louis XVI. Composé de deux canapés et six fauteuils.

2-3 — Deux tabourets en noyer sculpté, couverts en ancienne tapisserie au point, à animaux et volatiles.

4 — Beau meuble à deux corps, en bois sculpté à rocailles, le haut s'ouvrant à portes pleines, et le bas à quatre tiroirs, poignées et entrées de serrures en bronze doré. Époque Louis XV.

5 — Petite console d'applique en bois sculpté et doré. Époque Louis XV.

6 — Encoignure en bois peint, portes ornées de peintures, représentant Rébecca à la Fontaine.

7-8 — Deux meubles-bahuts en marqueterie de bois de palissandre et de violette, s'ouvrant à deux portes et deux tiroirs, ornés de bronzes. Style Louis XV.

9 — Écran en acajou, orné de bronzes ciselés et dorés à cariatides de femmes grecques, vestales et nymphes ailées, feuilles en soieries crème. Époque Ier Empire.

10 — Meuble chiffonnier, en acajou renfermant un coffre-fort de Dutrou.

11 — Secrétaire en marqueterie de bois, de nacre et d'ivoire, s'ouvrant à trois portes et trois tiroirs, décor représentant : des femmes dans un paysage. Époque Louis XV.

12 — Commode en bois sculpté et gravé, s'ouvrant à quatre tiroirs, poignées et entrées de serrures en bronze. Époque Louis XV.

13 — Meuble d'entre-deux en noyer marqueté de bois de couleur à fleurs et volatiles. Style Louis XVI.

14 — Crédence en bois incrusté de filets de cuivre, s'ouvrant à six tiroirs et deux portes ornées de peintures : dames et seigneurs, le haut à galerie. Style Louis XVI.

15 — Petit meuble du XVIe siècle en bois sculpté, s'ouvrant à quatre tiroirs et quatre portes ornées de bas-reliefs, réprésentant : Judith tenant la tête d'Holopherne, Psyché et des allégories à la peinture et à la musique.

16 — Chiffonnier, en noyer, renfermant un coffre-fort de Allard, dessus en marbre blanc.

17 — Ameublement de chambre à coucher, en noyer sculpté, composé d'un lit de milieu, une table de nuit à dessus de marbre, et une armoire à glace biseautée. Style Henri II.

18 — Lampadaire formé par une figurine de petite négresse en fonte.

19 — Deux colonnes en noyer sculpté à cannelures.

20 — Colonne couverte de peluche marron.

21 — Encoignure en marqueterie de bois de palissandre, de violette et bois teintés à fleurs. Époque Louis XV.

22 — Piano en bois noir gravé de Rugh.

23 — Bureau-secrétaire en bois noir.

24 — Jolie console en noyer sculpté et rehaussé d'or, pieds à cannelures et guirlandes de fleurs. Époque Louis XVI.

25 — Petite table en noyer sculpté, dessus laqué et peint à fleurs.

26 — Table à jeu en palissandre noirci à filets de cuivre.

27 — Table chiffonnière en bois laqué et aventuriné, fond vert, à insectes et volatiles.

28 — Petite table étagère en bois laqué vert, décor en relief à canards.

29 — Piano droit en palissandre de Pleyel.

30 — Jolie petite commode en bois de violette, s'ouvrant à deux tiroirs, garnis de bronzes ciselés et dorés, dessus marbre gris. Époque Louis XVI.

31 — Jolie vitrine-étagère en bois laqué et aventuriné d'or, décor à éventails, volatiles et plantes. Travail dans le goût Chinois.

32 — Bureau formant vitrine dans le haut en bois noir incrusté de filets de cuivre.

33 — Petite commode de poupée en bois de rose et palissandre, ornée de bronzes, Époque Louis XVI.

34 — Deux chaises Louis XIII recouvertes en velours marron frappé, avec bandes en imitation de tapisserie.

35 — Deux chaises, dossiers à médaillons, en bois sculpté et peint blanc, foncées de canne. Époque Louis XVI.

36 — Deux tabourets de pied en bois sulpté et doré, couverts en satin blanc, brodé à fleurs. Époque Louis XVI.

37 — Bout de pied en bois sculpté et doré, couvert en satin bleu brodé à fleurs. Époque Louis XV.

38 — Deux chaises en noyer sculpté, dossier orné de figurines grotesques. Style Flamand.

39 — Huit chaises de salle à manger en noyer couvertes de cuir marron et clouté.

40 — Deux chaises en noyer sculpté à rehauts d'or, couvertes en soierie bleue brochée à fleurs. Style Louis XV.

41 — Deux chaises Louis XIII, couvertes en ancien velours vert.

42 — Petite table à deux tablettes en palissandre noirci, garni de bronzes.

43 — Petite table, forme rognon, en bois laqué et aventuriné à branchages et oiseaux.

44 — Jolie petite banquette en noyer sculpté, couverte en soierie brochée. Style Louis XVI.

45 — Table pliante en bois, dessus drap rouge.

46 — Table à ouvrage en palissandre noirci à filets de cuivre.

47 — Écran en bois noir, sculpté à carquois, feuille en tapisserie au point à volatiles et fleurs. Style Louis XVI.

48 — Paravent à quatre feuilles en peluche crème, orné de peintures à branchages fleuris.

49 — Chaise couverte en soierie rose de Chine, à fleurs sur fond de peluche bleue.

50 — Chaise en noyer sculpté à colonnettes, dessus en peluche verte et bandes de satin brodé.

51 — Deux chaises en bois noir, rehaussé d'or, foncées de canne peinte.

52 — Trois supports en noyer sculpté.

53 — Six chaises de salle à manger en noyer sculpté, foncées de canne.

54 — Cinq chaises en bois noir, couvertes en reps marron, de velours vert et tapisserie.

55 — Petite chaise en bois noir, dessus en peluche et tapisserie à fleurs.

56 — Petite chaise en bois noir, couverte en velours noir et tapisserie.

57 — Chaise en noyer sculpté, dossier à plumes foncée de canne.

58 — Chaises chauffeuse en velours vert avec bandes en tapisserie.

59 — Fauteuil en bois sculpté laqué blanc à filets rouge, couvert en dauphine grenat.

60 — Fauteuil en bois noir sculpté, couvert en brocart jaune.

61 — Fauteuil couvert en velours de lin vert avec bande en peluche blanche, orné d'applications en tapisserie.

62 — Fauteuil en velours de lin vert, brodée de tapisserie à fleurs et perroquets.

63 — Fauteuil couvert en velours de lin bleu, orné d'applications en broderie métalliques.

64 — Grand fauteuil tout en tapisserie, fond noir avec médaillons à scènes champêtres.

65 — Écran à photographies en soierie et peluche.

66 — Paravent à quatre feuilles en soierie brodée de Chine à volatiles et branchages.

67 — Fauteuil en velours de lin bleu avec large bande en tapisserie, fond crème à fleurs.

68 — Fauteuil de bureau en bois sculpté, couvert en cuir brun.

69 — Bureau en noyer, le haut à cartonnier.

70 — Petite desserte étagère en bois noir sculpté à têtes d'éléphants avec plaques en porcelaine bleu.

71 — Secrétaire en bois noir.

72 — Chaise en noyer sculpté à colonnettes, têtes de lions tenant des écussons, foncée de canne.

73 — Petite table couverte de peluche rouge.

74-75 — Deux bibliothèques en bois noir.

76 — Bibliothèque en acajou.

77 — Armoire à glace en acajou.

78 — Table à deux volets en acajou.

79 — Table en acajou à quatre rallonges.

80 — Dressoir en bois, dessus marbre blanc.

81 — Tabouret de piano en bois sculpté, peint vert d'eau, couvert en soierie rayée et brochée à fleurs. Style Louis XVI.

82 — Ameublement de chambre à coucher en palissandre noirci, composé d'un lit, une armoire à glace biseautée et d'une table de nuit.

83 — Coffre en bois sculpté, dessin à ogives. Style gothique.

84 — Baromètre en bois noir sculpté.

85 — Coffre-fort de Haffner.

86 — Petit guéridon en bois, pieds formés par des colonnettes, galerie ajourée.

87 — Lavabo en bois blanc et bambou, dessin en marbre blanc.

88 — Bureau à cylindre en noyer.

89 — Horloge en thuya et palissandre.

90 — Armoire anglaise à glace en pitchpin.

91 — Divan couvert en velours bleu.

92 — Meuble bureau en palissandre, le bas à deux portes avec intérieur à tiroirs anglais.

93 — Buffet en palissandre, orné de motifs sculptés et moulures.

94 — Armoire à linge en acajou.

95 — Deux fauteuils en paille.

96 — Meubles non catalogués.

BRONZES

97 — Très belle pendule de l'époque Louis XVI en marbre blanc et bronze doré représentant la déesse Minerve préconisant la victoire au roi Louis XVI. Cadran signé Paté à Paris.

98 — Deux vases pouvant former lampe en marbre blanc, garni de bronzes ciselés et dorés, anses formés par des têtes de béliers. Style Louis XVI.

99 — Jolie petite garniture de cheminée composée d'une pendule forme lyre en marbre bleu turquin orné de bronzes finement ciselés et doré à guirlandes rosaces et soleil, et de deux flambeaux formés par des figurines d'enfant tenant des branches de rosier en bronze ciselé et doré, sur socle en marbre bleu turquin. Style Louis XVI.

100 — Pendule en marbre blanc orné de bronzes ciselés et dorés et de deux plaques en Wedgewood. Cadran signé Gaulin à Paris. Époque Louis XVI.

101 — Belle pendule en bronze patine brune et patine dorée représentant l'Enfant lisant assis près d'un coq fine ciselure. Cadran signé Julien Leroy. Époque Louis XVI.

102 — Joli cartel en bronze ciselé à guirlandes et tête de femme. Cadran signé Grignon. Époque Louis XVI.

103 — Statuette en bronze la Vénus pudique de Kley.

104 — Deux flambeaux en bronze doré Ier Empire.

105 — Coupe en bronze patine claire offrant en relief des attributs de chasse, signée A. Cain.

106 — Deux cache-pots en bronze du Japon.

107 — Brûle-parfums en bronze du Japon, décor en relief à volatiles, couvercle surmonté d'un paon.

108 — Groupe équestre en bronze patine verte antique, jeune esclave terrassant un lion de Barye.

109 — Beau lustre à 18 lumières en bronze ciselé et doré à rinceaux, ceps de vignes et carquois. Style Louis XVI.

110 — Lustre en bronze doré, orné de cristaux à neuf lumières.

111 — Paire de flambeaux en cuivre Ier Empire.

112 — Pendule Louis XVI en bronze ciselé et doré formant colonnes enguirlandées de fleurs surmontée d'un groupe de bustes représentant le Baiser de Houdon.

113 — Deux flambeaux en cuivre, style flamand.

114 — Pendule cage en bronze doré. Cadran signé Detouches.

115 — Porte-bouquets en cristal gravé supporté par des enfants en bronze doré.

116 — Éléphant portant un palanquin en bronze du Japon.

117 — Lampe en porcelaine fond bleu à fleurs, monture bronze.

118 — Deux statuettes en bronze : la Flirtation de Guillemin.

119 — Deux petites appliques en bronze doré, têtes d'homme et de femme en haut relief.

120 — Deux flambeaux en bronze ciselé et doré à petits sphinx ailés. Époque Ier Empire.

121 — Deux vases en bronze du Japon à six faces incrustés d'or.

122 — Encrier en bronze, Amour jouant de la trompette, base triangulaire.

123 — Deux petits vases en bronze du Japon, décor en relief à poissons.

124 — Deux porte-bouquets en bronze ciselé et argenté à rocailles et fleurs. Style Louis XV.

125 — Petite lampe en bronze émaillé, socle en onyx.

126 — Deux flambeaux en émail cloisonné.

127 — Coupe en cristal monture en bronze doré à feuilles de vigne supportée par deux amours.

128 — Lanterne de fumeur en bronze argenté.

129 — Petite buire en bronze ciselé et doré. Ier Empire.

130 — Buste de femme Renaissance de Moreau.

131 — Glace de Venise sur chevalet en bronze.

132 — Deux colonnes en marbre, fleur de pêcher plinthe et base en marbre rouge, orné de bronzes ciselés et dorés.

133 — Jardinière en bronze ciselé et doré à sujets de chasse. Époque Ier Empire.

134 — Deux flambeaux en métal argenté Louis XV.

135 — Plaque en émail cloisonné de Chine représentant un cortège chinois.

136 — Petite coupe sur pied en émail cloisonné.

137 — Deux mortiers en bronze à fleurs de lys et couronne, XVIIIe siècle.

138 — Deux petits encriers figures grotesques de bouffons.

139 — Petite pendule en bronze ciselé. Époque Ier Empire.

140 — Écritoire et deux coupes sur pied en bronze à ceps de vigne de Barye. (Signé).

141 — Deux appliques en bronze ciselé partie doré et bruni. Époque Ier Empire.

142 — Lot de diverses pièces en bronze du Ier Empire (entrée de serrure, poignées, etc.).

143 — Statuette représentant la Diane de Houdon.

144 — Deux chenêts en bronze doré formés par des figurines d'enfants assis sur des rocailles. Style Louis XV.

145 — Deux jolis flambeaux formés par des figurines d'enfants en bronze doré se tenant à des colonnettes en marbre rouge. Style Louis XVI.

146 — Deux flambeaux en bronze ciselé et doré.

147 — Deux statuettes de femmes en métal argenté, dans des niches en peluche bleue.

148 — Bas relief en bronze : La mort de Marceau.

149 — Porte-parapluies forme ombrelle en cuivre.

150 — Boite à charbon en cuivre.

151 — Pare-étincelles forme éventail en bronze.

152 — Pelle et pincettes en cuivre.

153 — Porte-tisonnier et ses accessoires en cuivre.

154 — Deux chenêts forme vases sur balustrades en bronze.

PORCELAINES, FAIENCES

OBJETS DIVERS

155 — Deux coupes en faïence d'Urbino, décor à amour et sainte.

156 — Plateau creux en faïence genre Palissy, orné de mascarons à têtes d'hommes.

157 — Plaque en faïence de Delft, décor au chinois, en polychrome.

158 — Plat creux en faïence de Delft, décor à rosaces et lambrequins en bleu sur blanc.

159 — Plat en faïence de Savone, décor en bleu, centre représentant un paysan, bordure à feuillages en relief.

160 — Plaque en faïence de Valence, dècor en bleu, allégorie aux arts.

161 — Plat en faïence, genre Castelli, décor à amours musiciens.

162 — Plat rond et creux en faïence de Perse. décor en bleu, rouge et vert à palmes et tulipes. cadre bois noir.

163 — Plat rond et creux en faïence de Castelli. représentant Adam et Eve dans le Paradis Terrestre. Cadre en bois sculpté.

164 — Deux vases en faïence de Marseille, décor à fleurs.

165 — Bouquetière en ancienne faïence de Moustiers à fleurs.

165 *bis* — Groupe en majolique : le baiser.

166 — Tasse et soucoupe en faïence de Perse. décor polychrome.

167 — Plat rond en faïence de Delft, polychrome à rosaces.

168 — Petite coupe en faïence d'Urbino, décor représentant la Vierge et l'Enfant.

169 — Trois plats creux ornés de peintures, portraits de jeunes filles par Lachenal.

170 — Plat creux sur piédouche, genre Palissy, sujet mythologique.

171 — Plat creux en ancienne faïence hispano-mauresque à reflets métalliques.

172 — Deux potiches octogonales en porcelaine du Japon, décor à volatiles dans des branchages.

173 — Plat ovale en porcelaine de l'Inde, décor à fleurs et feuillages en bleu.

174 — Vase en porcelaine de Saxe, avec bouquets de roses et myosotis.

175 — Chat noir en porcelaine d'Allemagne.

176 — Statuette de femme en terre cuite, représentant : la Semence de Boucher.

177 — Deux statuettes décorées, de Grévin.

178 — Deux statuettes : les Mendiants.

179 — Statuette d'enfant, en métal ton ivoire.

180 — Corbeille en terre émaillée, à amours et ornements.

181 — Garniture de cheminée, composée d'une jardinière et de deux lampes en faïence décorée à fleurs. Montures en bronze.

182 — Cache-pot en terre émaillée vert, à fleurs.

183 — Jardinière en terre décorée à fleurs. Monture en bronze.

184 — Deux flambeaux en bronze du Japon, ibis sur des tortues.

185 — Petite jardinière en céladon bleu turquoise de Th. Deck.

186 — Plat rond en ancienne faïence hispano-mauresque à reflets métalliques, décor à feuilles de lauriers et petits ornements.

187 — Garniture de trois pièces : jardinière et deux vases en majolique décor en relief à amours.

188 — Deux plaques ovales en ancienne faïence de Castelli, représentant des scènes de l'Ancien Testament.

189 — Deux assiettes en porcelaine de Sèvres, au chiffre de Louis-Philippe accosté d'Amours, bordure bleu ciel.

190 — Assiette creuse, décor à amours en camaïeu violet, en porcelaine d'Allemagne.

190 *bis* — Aiguière en porcelaine bleue claire de Sèvres.

191 — Plat creux en faïence italienne représentant une nymphe.

192 — Deux assiettes. ornées de têtes d'hommes.

193 — Flacon à thé en porcelaine de Chine famille verte à figurines de femmes, monture argent.

194 — Groupe en porcelaine d'Allemagne : Le lever.

195 — Deux pots à crème en porcelaine de Paris.

196 — Coupe en porcelaine bleue à amours en grisaille, monture bronze.

197 — Coupe forme coquille en porcelaine de Chine.

198 — Deux assiettes en porcelaine de Chine genre famille verte, décor à personnages et oiseaux.

199 — Dix plats creux en porcelaine de Perse, décor à fleurs palmes et feuillages en bleu et polychrome (seront divisés).

200 — Plat en porcelaine de Sinceny, décor à bouquets de fleurs.

201 — Sucrier et son plateau en porcelaine de Paris, décor fond carmin à chevaux ailés en or.

202 — Sucrier en porcelaine de Saxe à bouquets de fleurs, bordure rose.

203 — Deux chiens de Fô en blanc de Chine.

204 — Quatre tasses en porcelaine de Paris, décors divers.

205 — Statuette de femme en porcelaine de Charles Théodore.

206 — Trois figurines en ancienne porcelaine de Saxe, jeune seigneur, violoniste et vendangeuse.

207 — Deux petites soucoupes en ancienne porcelaine de Sèvres, décor à jetés de roses, bordure gros bleu.

208 — Plateau carré en porcelaine, décor à personnages.

209 — Tête à tête en porcelaine blanche à rehauts d'or composé d'un plateau, un sucrier, une cafetière, quatre tasses et quatre soucoupes.

210 — Théière en porcelaine à la Reine à bandes bleu et or et fleurs.

211 — Bouquetière formée par trois petits vases en céladon bleu.

212 — Deux statuettes : les Vendangeurs.

213 — Jardinière en majolique gros bleu à rehauts d'or, monture bronze doré.

214 — Vase forme canard et poule en terre émaillée.

215 — Deux vases Empire en porcelaine fond vert ornée de médaillons à scènes d'enfants.

216 — Deux potiches en porcelaine du Japon, décor polychrome.

217 — Deux vases forme aplatie en porcelaine bleue, décor à branchages et papillons.

218 — Porte-bouquet en porcelaine, amours jouant à colin-maillard.

219 — Porte-bouquet forme papillon.

220 — Jardinière forme chaise à porteurs.

221 — Statuette en porcelaine décorée, femme sous une tente.

222 — Amours traînant un char en biscuit décoré.

223 - Statuette de femme en majolique par Grévin.

224 — Bonbonnière forme coquille.

225 — Enfant dans une coquille d'œuf en terre cuite.

226 — Petite glace ovale cadre en porcelaine à fleurs, fronton à amours.

227 — Buste ancien de jeune garçon en terre cuite.

228 — Trois assiettes en porcelaine décorée à personnages, cadres en peluche.

229 — Trois plats en porcelaine de Chine, décor à arbustes, fleurs et feuillages.

230 — Grand plat en porcelaine de Chine, décor à cerf et vase fleuri, bordure à lambrequins.

231 — Cafetière en porcelaine de Paris à insectes et fraisiers.

232 — Potiche en porcelaine de Chine à personnages.

233 — Deux porte-bouquets formés par trois tulipes.

234 — Deux porte-fleurs forme plats, décor polychrome.

235 — Deux bonbonnières fond gris à fleurs.

236 — Deux supports en porcelaine de Saxe à figurines d'enfants en relief.

237 — Deux petits vases en porcelaine bleue turquoise à amours, monture bronze. Socle marbre blanc.

238 — Service de table composé de cent trente pièces environ en porcelaine, décor dans le genre chinois.

239 — Douze assiettes en porcelaine de Paris, bordure bleue et or, centre à bouquets de fleurs.

240 — Service de table composé de cent soixante-dix pièces environ, décor dans le style grec.

241 — Sept carafes en verre taillé.

242-243 — Lot de verrerie.

244-250 — Grande quantité de plats, assiettes, bols, soucoupes, plateaux, tasses, pots à crème, cafetières, etc., en porcelaines et faïences diverses (sera divisé).

251 — Deux cloches et deux petites bouteilles en faïence décorée.

252 — Trois vases en céladon bleu turquoise.

253 — Plaque rectangulaire en ancienne faïence d'Allemagne, représentant la Vierge et l'Enfant.

254 — Plat rond et creux en faïence de Perse, décor en bleu rouge et vert à palmes et tulipes, cadre en bois noir et or.

255 — Baromètre Louis XV en bois sculpté et doré à rocailles et têtes d'amour.

256 — Statuette en ivoire, femme drapée.

257 — Plateau en cristal taillé, monture bronze.

258 — Groupe de deux chevaux en bois sculpté.

259 — Cadre en bois sculpté et doré. Époque Louis XIV.

260 — Moulin à café. XVIIe siècle.

261 — Collier de chien en cuivre gravé, orné de médaillons. Époque Ier Empire.

262 — Plat à bords contournés et orné d'une armoirie en étain. Époque Louis XV.

263 — Plaque rectangulaire en émail de Limoges, représentant une scène de guerre, cadre en bois sculpté et doré.

264-265 — Dix pièces en buis sculpté.

266-270 — Seize figurines, groupes, personnages et animaux en métal peint.

271-274 — Sept pièces (encriers, vase, pots) en émail cloisonné et en métal émaillé.

275 — Deux petits vases en bronze du Japon.

276 — Coffret en cuivre et bannette en bronze du Japon.

277-280 — Seize petites statuettes en porcelaine de Saxe et autres.

281-285 — Diverses pièces de vitrine, petite table, bannettes, etc., en porcelaine.

286-300 — Quinze pièces de verreries artistiques de Bohême, Venise et autres, décor émaillé et gravé (vases, verres, porte-bouquets chopes, etc.)

301 — Quatre statuettes en ivoire sculpté : les Saisons, socles bois noir.

302 — Trois petites figurines en ivoire.

303-307 — Quatorze petites bonbonnières en porcelaine d'Allemagne.

308 — Quatre tasses mignonnettes en porcelaine d'Allemagne.

309 — Deux petits vases en émail cloisonné bleu turquoise.

310-319 — Trente petits vases en porcelaine, poterie, faïence, bronze, etc.

320 — Lot de plaques en galvano bronzé.

321 — Miniature en vernis Martin, la Tentation.

322 — Douze plaques en terre et biscuits décorés.

323 — Glace à main, cadre émaillé.

324-330 — Douze pièces : statuettes, encriers, timbre et bougeoirs en bronze et métal.

331 — Deux petits plateaux en étain gravé à écussons.

332 — Miniature portrait de femme. Cadre en bronze.

333 — Miniature sur ivoire : la Source d'amour d'après Fragonard.

334 — Petite gravure ronde, cadre doré.

335 — Carcan en bois.

336 — Panneau en bois sculpté, la Flagellation.

337 — Jardinière en marqueterie de bois.

338 — Boîte à mouchoirs et boîte à gants en palissandre et bois rose.

339 — Cave à liqueur en bois incrusté de cuivre.

340 — Séchoir à cigares analogue.

341 — Papeterie garniture argent.

342-343 — Quatre panneaux chinois en bois laqué incrusté de nacre, de burgau et ivoire teinté à personnages.

344-346 — Quatre lorgnettes et longue-vue.

347 — Huilier en métal à petits dessins, burettes et salières en cristal taillé.

348 — Glace biseautée avec cadre en bronze en relief en métal argenté à animaux fantastiques.

349-350 — Deux fusils.

351-352 — Quatre petits pistolets.

353-354 — Quatre épées.

355 — Deux poignards.

356 — Canne en verre et canne en os.

357-358 — Quatre sabres chinois.

359 — Armure complète de femme.

360 — Coffret en palissandre et incrusté de cuivre.

361 — Lot de cadres à photographies.

362 — Lot de pierres de collection.

363 — Plat oriental en bois incrusté de nacre et os.

TENTURES

364 — Grand tapis d'Orient décor polychrome.

365 — Portière en peluche bleu.

366 — Deux rideaux en étoffe verte.

367-371 — Douze coussins divers en peluche, satin, tapisserie et soierie.

372 — Décorations de fenêtre en étoffe rayée rouge à fleurs.

373 — Dessus de cheminée analogue.

374 — Quatre planches de cheminée couvertes en différentes étoffes.

375-376 — Six tapis de table en peluche brochée de broderies métalliques, en imitation de tapisserie et soierie.

377-382 — Cinq tapis moquettes, décor polychrome.

383 — Deux rideaux de fenêtre en étoffe à fleurs.

384 — Garniture de chambre à coucher en peluche crème brodée à fleurs.

385 — Panneau en tapisserie au point représentant les buveuses de thé.

GARDEROBE, LINGES

DENTELLES, ÉVENTAILS

386 — Grand nombre de costumes en laine, soie, satin, velours ornés de dentelles.

387 — Linge de corps et de table.

388 — Dentelles anciennes et modernes.

389 — Éventails.

390 — Lot de coupons et pièces de soierie, tapisserie et peluche.

391 — Fourrures.

TABLEAUX

392 — CARLE. *Portrait de femme.*

Aquarelle.

393 — DELORT (D'après). *La sortie de l'Eglise.*

Pièce en couleur.

394 — DESGRINY. *Portrait de comédien.*

Dessin rehaussé de couleur.

395 — E. M. *Marie-Antoinette et ses enfants dans le parc de Versailles.*

396 — ÉCOLE ANCIENNE. *Scène biblique.*

397 — ÉCOLE ANGLAISE. *Le cheval Gladiateur.*

Gravure en couleur.

398 — ÉCOLE FRANÇAISE. *Marche de Don Quichotte pour la défense du moulin des Abus.*

Gravure humoristique en couleur.

399 — ÉCOLE FRANÇAISE. *Mlle Mars.*

Dessin aux pastels.

400 — ÉCOLE FRANÇAISE. *Les adieux de Calas à sa famille.*

401 — ÉCOLE MODERNE. *Ferme.*

402 — ÉCOLE MODERNE. *Vue de Suisse.*

403 — DE GUERRERO. *Panier de fleurs.*

404 — JACQUE (CH.). *Les moutons à l'abreuvoir.*

Gravure avant la lettre. Belle épreuve.

405 — L'ALBANE (D'après). *Vénus et Vulcain.*

Gravure ancienne.

406 — LE TITIEN (D'après). *Le sommeil.*

Gravure.

407 — NATTIER. *Portrait d'une des filles de Louis XV représentée en Source.*

408 — MANET (E.). *Le Polichinelle.*

Lithographie en couleur.

409 — MORLON (A.). *La cueillette des pommes.*

Fac similé en couleur.

410 — ROLLOT (BERTHE). *Louis XIV et Mlle de la Vallière sous le chêne dans la forêt de Saint-Germain.*

Peinture sur porcelaine.

411 — ROTTI. *La boîte de Pandore.*

412 — SIMONS. *Nature morte, fruits.*

Signé à gauche.

413 — VAN OSTADE. *Scènes de cabarets.*

Deux gouaches se faisant pendants.

414 — VOILLEMOT (CH.). *Italiennes.*

Deux pendants.

415 — *Photographies et gravures encadrées.*

ARGENTERIE, ORFÈVRERIE

416 — Très beau surtout de table en bronze ciselé et argenté composé d'une jardinière offrant des figurines d'amours tenant des guirlandes de fleurs sur plateau à glace et de deux candélabres à deux lumières formés par des figurines d'enfants, Style Louis XVI.

417 — Petite jardinière carrée en métal argenté à attributs de jardinages. Style Louis XVI.

418 — Beau service de table en argent, modèle Louis XV, composé de vingt-quatre fourchettes, douze couteaux manches nacre, douze cuillers, un service à découper, une pelle à poisson, cinq pièces à hors-d'œuvre, une pelle à moutarde, une louche, une cuiller à ragoût, une cuiller à sauce, une pelle à glace, une pelle à fraises, une cuiller à sucre, un couteau à fromage lame argent, un couvert à salade, douze cuillers à café et une pince à sucre.

419 — Joli sucrier en argent ajouré à petits médaillons représentant des scènes mythologiques, accompagné de douze petites cuillers. Époque fin Louis XVI.

420 — Légumier en argent, bordure à gaudrons, poignée forme fruit.

421 — Deux petites casseroles en argent.

422 — Service à miettes en argent gravé.

423 — Saladier plat en argent bordure à contours.

424 — Timbale ancienne en argent gravé à fruits.

425 — Théière en argent gravé et guilloché, pieds à griffes de lions.

426 — Petit pot à crème en argent guilloché et étoilé.

427 — Cafetière et pot à crème en argent guilloché.

428 — Sucrier et petite cafetière en argent, décor côtelé. Style Louis XV

429 — Boîte à poudre en argent à côtes.

430 — Bonbonnière octogonale en argent ciselé à bouquets de fleurs.

431 — Bonbonnière en argent ciselé à guirlandes de fruits et petits médaillons, couvercle formé par une ancienne pièce de monnaie.

432 — Trois passoires à thé en argent.

433 — Petit huilier en argent à côtes et rocailles. Style Louis XV.

434 — Moulin à poivre en argent guilloché.

435 — Petite jardinière en argent, bordure ajourée.

436 — Deux salières en argent ciselé et ajouré à rinceaux. Époque Louis XVI.

437 — Petit vase Louis XIII en argent repoussé à feuillages.

438 — Porte-bouquet en argent orné de trois figurines d'enfants musiciens.

439 — Pelle à bonbons forme coquille en argent.

440 — Porte-monnaie forme coquille en argent.

441 — Petite bonbonnière en argent gravé.

442 — Boîte à tabac en argent uni.

443 — Petite jardinière en argent ciselé et ajouré à amours assis près de brûle-parfums dans des rinceaux.

444 — Plaque d'icone russe en argent doré, scène du Nouveau-Testament.

445 — Trois ronds de serviette en argent.

446 — Deux ronds de serviette en métal argenté.

447-448 — Deux plateaux en métal gravé et argenté. Garniture argent.

449 — Plateau porte-lettres en argent, bordure gravée et à petite gaudrons.

450 — Coupe à bonbons forme coquille en argent.

451 — Six porte-menus en argent forme éventails, décor de scènes champêtres.

452 — Deux porte-menus en argent, représentant une scène Louis XV, et deux vases, brûle-parfums sur socle.

453 — Six dessous de carafe en argent, bordure, à petits dessins. Époque Ier Empire.

454 — Deux autres en métal argenté, garniture en argent.

455 — Deux autres argentés.

456 — Service à poisson en argent gravé et guilloché.

457 — Pelle à poisson et pince à asperges en argent ciselé.

458 — Douze couverts d'entremets en argent, modèle à filets. Style Louis XV.

459 — Trois brochettes en métal argenté.

460 — Seize porte-couteaux en métal argenté.

461 — Lampe de fumeur en métal argenté de Christophle.

462 — Service de table en argent à filets, composé d'une louche, une cuiller à ragouts, six couverts et dix cuillers à café.

463 — Cinq cuillers à huitres en argent uni.

464 — Trois cuillers en argent, manche en corne de cerf, sculpté à têtes de singe.

465 — Deux cuillers à punch en argent, monture bois noir.

466 — Six pièces en argent : pelles, cuillers, pince à sucre.

467 — Dix-huit couverts d'entremets, douze couteaux manches en nacre et lame en vermeil et dix-huit cuillers à café, le tout en vermeil.

468 — Onze fourchettes à escargots, manche en nacre.

469 — Douze fourchettes à huîtres en argent, manches en ivoire.

470 — Dix couteaux, lames en argent, monture en ivoire.

471 — Seize couteaux en bois noir garni d'argent dont douze à lames d'argent.

472 — Douze couteaux de tables, manches en argent.

473 — Douze couteaux à dessert analogues.

474 — Cinq couteaux, lames en vermeil, manches en ivoire, nacre et argent doré.

475 — Manche à gigot en ivoire, et couteau en nacre, garniture argent.

476 — Service à fruits confits en argent, composé de cinq pièces.

477 — Cinq pinces à sucre en argent.

478 — Treize pelles à sel et une petite fourchette en argent.

479 — Hochet en argent.

480 — Service de voyage, composé de six pièces en argent.

481 — Service en métal argenté composé d'un plateau ajouré, une théière, une cafetière, un sucrier et un pot à crème.

482 — Théière en métal argenté de Christofle.

483 — Porte-huilier en métal argenté.

484 — Chandelier en métal argenté.

485 — Nombreuses pièces en métal argenté, (seront divisées).

486 — Cave à liqueurs en métal argenté.

BIJOUX

487 — Beau bracelet en or, enrichi d'un gros saphir entouré de brillants et de deux rosaces tout en brillants.

488 — Bague marquise en or pavée de dix-neuf brillants.

489 — Paire deboucles d'oreilles, formées chacune d'un gros brillant entouré de dix petits brillants.

490-491 — Deux bagues jumelles enrichies chacune d'un saphir et d'un brillant.

492 — Bague en or, ornée d'un brillant solitaire.

493 — Bague à deux corps, enrichie de dix diamants.

494 — Bague en or, enrichie de six perles fines de fantaisie et de roses.

495 — Bague à trois corps, ornée de neuf émeraudes et de roses.

496 — Bague émeraude entre six roses.

497-500 — Sept bagues de fantaisie (seront divisées).

501 — Bracelet gourmette ornée de dix pierres de fantaisie, anneaux enrichis de roses.

502 — Bague enrichie d'un rubis, d'une émeraude et de quatre roses.

503 — Bague perle fine entourée de roses.

504 — Bracelet en or enrichi de brillants et roses.

505 — Broche en or, forme corbeille fleurie en diamants, perles et pierres de couleur.

506 — Pendentif forme chute de fleurs, tout en diamants.

507 — Épingle de cravate, fer à cheval en or, enrichi de trois saphirs et quatre brillants.

508 — Epingle de cravate, forme trèfle enrichi d'un saphir, un brillant et un rubis.

509 — Epingle de cravate forme trèfle, enrichie de trois brillants.

510 — Epingle de cravate, enrichie de rubis et diamants.

511-513 — Trois épingles de cravate ornées de pièces de monnaie en or et argent.

514 — Epingle de cravate forme tortue enrichie d'une opale.

515-520 — Sept paires de boutons de manchettes (seront divisées).

521 — Quatorze boutons de chemise.

522-526 — Huit chaînes de gilet et de cou en or (seront divisées).

527 — Quatre lunettes, montures en or.

528 — Trois cachets en or avec opale et améthystes.

529 — Trois boutons de chemise en or, enrichis de rubis et de roses.

530 — Montre de dame en or avec chaînette, enrichies de perles fines et de roses.

531 — Bourse en or.

532 — Bracelet en or avec trois pièces de monnaies anciennes en or.

533 — Châtelaine et montre en or, enrichie de pierres de couleur.

534 — Bracelet en or

535 — Tabatière en or à petits dessins.

536 — Montre en or avec émail à personnages.

537 — Broche ovale, broche forme étoile et deux boucles d'oreilles, broche forme ancre, bague marquise, barrette et deux pendants d'oreilles en or, enrichi de turquoise et de perles.

538 — Quatre broches en argent émaillé et doré et enrichies de pierreries.

539 — Dix épingles pour brides de chapeaux en or et pierreries.

540 — Broche formée par une pièce de monnaie ancienne en or.

541 — Quatre broches de fantaisie.

542 — Lot de quarante pièces en simili et pierreries.

543 — Bracelet en argent doré et émaillé.

544 — Petite pendule en argent doré et émaillé à figurines.

545 — Bonbonnière en argent doré et émaillé et pierreries.

546 — Ciseaux à raisins en argent doré.

547 — Deux flacons : un en cristal et un en argent ciselé.

548 — Trois montres d'hommes.

549 — Porte plumes en or enrichi de turquoises et perles fines.

550 — Etui avec peinture, paysage animé de personnages, monture or.

551 — Parure en argent émaillé enrichi d'améthyste et perles fines.

552 — Parure en fer damasquiné.

553 — Deux chatelaines en argent doré.

554 — Quatre bracelets enrichi d'émaux.

555 — Dix boucles en acier et strass.

556 — Trois paires de pendants d'oreilles.

557 — Demi parure en onyx et mosaïque,

558 — Cinquante petites pièces de monnaies anciennes.

559 — Huit pièces anciennes en or.

560 — Trente-sept grandes pièces anciennes en argent.

561 — Lot de médailles en bronze.

562 — Lots de pièces de monnaies et jetons en nickel, bronze et cuivre, anciens et modernes.

563 — Lot de diverses pièces, chapelets, cachets, bourses, monture de portemonnaie, etc.

564 — Objets omis.

www.ingramcontent.com/pod-product-compliance
Ingram Content Group UK Ltd.
Pitfield, Milton Keynes, MK11 3LW, UK
UKHW031947260826
14628UKWH00004B/1912

9 782329 352282